Pequeños héroes / Little B...
La Navidad
Christmas

Autora: Victoria Kovacs
Ilustrador: Mike krome
Traductora: Amparo Mahecha Parra

El ángel Gabriel se aparece a una joven llamada María y le dice: "Tendrás un hijo y le pondrás por nombre Jesús".

The angel Gabriel appears to Mary. "You will have a son and you will name him Jesus."

María visita a su prima Isabel, quien es ya mayor. Isabel también va a tener un bebé. María le dice: "¡El Todopoderoso ha hecho cosas grandes por mí!".

Mary visits her old cousin, Elizabeth. Elizabeth is going to have a baby, too. Mary tells her, "The Mighty One has done great things for me!"

María y José viajan a Belén, pero no hay habitación en la posada. Entonces, van a un establo, donde María da a luz a Jesús.

Mary and Joseph travel to Bethlehem, but there is no room in the inn. They go to a stable, where Mary gives birth to Jesus on Christmas Day.

Unos pastores ven en el cielo ángeles que cantan: "¡Gloria a Dios!". Un ángel les informa que Jesús ha nacido y yace en un pesebre.

Shepherds see angels in the sky, singing, "Glory to God!" An angel tells them Jesus is born and lying in a manger.

Los pastores se apresuran a ir al establo para ver a Jesús recién nacido. María sabe que Jesús es un niño muy especial.

The shepherds hurry to see Jesus. Mary knows Jesus is a special baby.

Los Reyes Magos llegan de Oriente para adorar a Jesús. Ellos le entregan oro, incienso y mirra.

¿Cuáles regalos le puedes dar tú a Jesús?

The Magi come from the east to worship Jesus. They offer Him gold, frankincense, and myrrh.

What gifts can you give to Jesus?

Lucas 2, 11

En la ciudad de David os ha nacido hoy un Salvador, que es el Mesías, el Señor.

Luke 2:11

"For unto you is born this day in the city of David a Saviour, which is Christ the Lord."

Copyright © 2013. GoldQuill, Reino Unido. Todos los derechos reservados. Impreso en China.